mar
Les

JAMAIS SANS MA SŒUR

Vous aimez les livres de la série

mary-kate olsen **ashley** olsen
Les jumelles s'en mêlent

Écrivez-nous pour nous faire partager votre enthousiasme :

Pocket Jeunesse - 12, avenue d'Italie - 75013 Paris

mary-kate olsen **ashley** olsen

Les jumelles s'en mêlent

Jamais sans ma sœur

Une adaptation de Megan Stine

D'après la série télévisée créée
par Robert Griffard et Howard Adler

Traduit de l'américain
par Christine Bouchareine

POCKET
jeunesse

Titre original :
P.S. Wish You Were Here

Publié pour la première fois en 2000
par Harper Entertainment, États-Unis.

Loi n° 49-956 du 16 juillet 1949 sur les publications
destinées à la jeunesse : avril 2005.

ISBN 2-266-14965-2

1

Samedi

Ashley

Cher journal,

C'est vraiment bizarre. Je n'arrive pas à croire que je suis seule ici, dans ma chambre, au Chêne blanc. Oui, seule. Phoebe, ma camarade de chambre, travaille en bas sur un devoir de poésie avec une amie. Toutes les autres élèves sont au salon. Ou à la bibliothèque, à faire semblant de bosser.

Et je me retrouve en tête à tête avec moi-même.

SANS MARY-KATE !

Gloups ! C'est ça, la grande nouvelle, cher journal. Mary-Kate est partie il y a une heure.

Incroyable ! Elle est rentrée à la maison avec papa, pour finir l'année scolaire dans notre ancien collège, avec nos vieux amis.

Me voici abandonnée à Porter House, au fin fond du New Hampshire, sans ma sœur jumelle.

Quand j'ai vu Mary-Kate et papa monter dans le taxi, j'ai senti mon estomac se retourner. Comment Mary-Kate pouvait-elle me laisser ici ? Nous n'avons jamais été séparées plus d'une nuit. Jamais.

Mais Mary-Kate regrettait beaucoup ses anciennes amies et surtout son équipe de softball.

J'ai sans doute mérité qu'elle me quitte après ce que je lui ai fait. Ce n'était pas très gentil de ma part de parler d'elle dans les potins du journal du Chêne blanc.

En fait, c'était même assez moche.

Sur une échelle de un à dix, avec dix notant le plus moche… eh bien… j'avoue que j'ai mérité dix.

À ma grande honte, j'avais pensé me rendre populaire en révélant des secrets croustillants dans ma rubrique.

Comme raconter au monde entier que ma sœur était amoureuse !

Pourtant, je me suis ravisée. Je ne voulais plus faire paraître cet article et j'en ai proposé un autre à Dana Woletsky, la rédactrice. Mais cette peste a publié le premier !

— Je suis désolée, ai-je supplié Mary-Kate alors qu'elle mettait sa valise dans le taxi. Je ne voulais pas faire ça.

— Je sais. N'en parlons plus, d'accord ?

Nous nous sommes donc quittées plus ou moins réconciliées. N'empêche qu'elle est partie.

J'ai failli courir après le taxi en criant : « Attendez-moi ! Je veux rentrer avec vous ! »

Mais je me plais trop ici. Alors j'ai suivi la voiture des yeux jusqu'à ce qu'elle disparaisse derrière les arbres, puis je suis rentrée en frissonnant à Porter House. Il fait encore très froid ici, en avril.

— Qui veut prendre un chocolat chaud avec moi ? ai-je lancé en entrant au salon.

Personne n'a répondu.

— J'ai des chamallows ! ai-je insisté.

Silence. Alyssa et Wendy étaient captivées par un jeu vidéo. Phoebe a levé le nez de son livre, m'a souri, et s'est replongée dans ses poèmes. Et Kristin, qui fait un régime, a levé les yeux au ciel.

Alors je me suis servi une tasse de chocolat et je suis remontée toute triste dans ma chambre.

Que vais-je devenir sans Mary-Kate ?

Certes, ma situation n'a rien de désespéré. J'adore le Chêne blanc. Et il me reste Phoebe, ma compagne de chambre, avec qui je dois d'ailleurs tenir une nouvelle rubrique dans le journal de l'école.

(Elle ne concernera pas les potins mondains, cette fois-ci, mais la mode. C'est drôle, non ? Je trouve Phoebe adorable et pourtant elle ne s'habille qu'avec des fripes. La semaine dernière, elle s'est acheté un vieux manteau en laine avec un col de fourrure. Il perd plus de poils qu'un chat. Peut-être qu'elle devrait le nourrir !)

Et il me reste aussi le bon vieux cousin Jeremy, qui est pensionnaire à côté, au cours

Harrington. Grâce à lui, je garde un contact avec le monde des garçons !

(À propos de garçons, je dois envoyer un mail à mon petit ami, Ross Lambert. Ça fait cinq jours que je ne lui ai pas donné de nouvelles. J'ai eu trop de choses à faire !)

Enfin, pour en revenir à ma grosse appréhension, cher journal, je devrais m'en sortir sans Mary-Kate, non ?

Mon estomac vient de se retourner une fois de plus.

Courage, Ashley ! Arrête de penser à Mary-Kate. Elle est partie. Tu dois te débrouiller toute seule, maintenant.

Surtout que nous avons promis de nous téléphoner. Et de correspondre par mail. Nous ne serons pas tout à fait coupées l'une de l'autre.

Désolée de changer de sujet, mais mon regard vient de tomber sur mon emploi du temps : je dois remettre à ma prof de littérature, Mlle Bloomberg, l'étude d'un livre dans quelques jours. Et je suis bien décidée à rester dans ses bonnes grâces ; elle a beaucoup aimé mon dernier devoir.

J'ai déjà lu le livre. Il s'agit du *Vieil Homme et la Mer* d'Ernest Hemingway. Il ne me reste plus qu'à rédiger mon texte, c'est tout.

Ai-je écrit que c'était tout ?

Reviens sur terre, Ashley ! Mlle Bloomberg veut que notre dissertation fasse au moins cinq pages, et qu'il n'y ait ni fautes d'orthographe ni fautes de ponctuation. Nous devons en outre trouver le thème marquant. Et situer le tournant décisif du récit.

Aïe ! Je dois me dépêcher, cher journal. Autant m'y mettre tout de suite !

2

Dimanche

Mary-Kate

Cher journal,

Eh bien, ça y est. Je suis rentrée à Chicago depuis hier. Ça m'a fait vraiment bizarre de quitter le Chêne blanc sans Ashley et de me retrouver seule avec papa dans l'avion. Le voyage m'a paru interminable.

Papa a tenté de faire la conversation, mais j'étais ailleurs.

— Alors, que penses-tu des Cubs ? m'a-t-il demandé.

Il sait que j'adore le sport. Et que je suis une fan des clubs de Chicago, quel que soit le sport. Les Cubs, les Bears, les Bulls…

— Ils ont perdu leur dernier match, ai-je marmonné, le regard fixé sur les nuages, derrière le hublot.

— L'arbitre était aveugle.

— Aveugle ? Mais comment a-t-il pu se faire qualifier ?

— Non, c'est juste une façon de parler.

— Oh ! Je vois...

— Mary-Kate, me cacherais-tu quelque chose ? s'est-il inquiété.

J'ai secoué la tête.

Que lui répondre ? Que nous nous étions disputées, Ashley et moi ? Et que nous n'étions pas en très bons termes ?

En fait, c'est à cause d'elle que j'ai quitté le Chêne blanc. Seulement je ne pouvais pas le dire à papa sans cafarder. Et sans révéler son égoïsme et sa perfidie.

D'accord, j'exagère un peu. Mais Ashley m'a vraiment blessée en parlant de moi dans la rubrique à scandales du *Roseau*. Que devais-je faire ? Lui envoyer une lettre de remerciements ?

Je ne m'en suis pas encore remise, même si elle s'est excusée. C'est vrai qu'elle était désolée. Et qu'il s'agit d'un loupé. Elle n'est pas si mauvaise que ça, dans le fond.

Je crois que je lui ai pardonné mais je ne sais pas si je pourrai encore lui accorder ma confiance. C'est à ça que je n'ai pas arrêté de penser dans l'avion.

Quoi qu'il en soit, Ashley devrait bientôt m'appeler. Nous nous sommes promis de nous téléphoner le plus vite possible. Je lui laisse faire le premier pas.

Lorsque nous sommes arrivés à la maison avec papa, je me suis soudain sentie folle de joie.

— Mary-Kate ! a hurlé Carrie, en m'écrasant dans ses bras.

C'est notre baby-sitter. C'est elle qui s'occupe de nous (et maintenant de moi toute seule !) pendant que papa enseigne à l'université. Elle m'a vraiment manqué pendant que j'étais au Chêne blanc. C'est la fille de vingt-six ans la plus géniale que j'aie jamais connue.

Bref, de la retrouver, j'étais réconfortée.

J'ai alors décidé qu'il était grand temps que j'apprenne à vivre sans Ashley.

Surtout que je suis loin d'être seule.

J'AI RETROUVÉ MES VIEUX AMIS ! YOUPI !

J'avais à peine fini de défaire mes bagages, avec Carrie, que Max et Brian sont arrivés. Nous avons parlé de l'équipe de softball de notre quartier, les Belmont Bashers. C'est une des raisons qui m'ont poussée à rentrer à Chicago en pleine année scolaire : les aider à gagner.

— Super ! La tombeuse des Belmont Bashers est de retour ! a crié Max en me tapant dans la main.

Nous nous sommes affalés tous les trois au salon.

— Alors, est-ce que ça va mieux ? leur ai-je demandé.

L'équipe traversait une mauvaise passe depuis quelques semaines.

— Il était temps que tu rentres, Mary-Kate, a gémi Brian. Nous avons perdu quatre matches. Les Sherwood Aces nous ont encore écrasés la semaine dernière.

Quelle cata !

J'ai attrapé une pomme dans le compotier sur la table basse et je l'ai jetée à Max.

Il l'a ratée et elle a roulé par terre. En effet ils avaient besoin de mon aide!

— Leur lanceur est un spécialiste des balles tombantes, a dit Max.

— Heureusement que nous avons retrouvé quelqu'un qui sait les renvoyer! a répondu Brian en me montrant du doigt.

— Tu as raison, ai-je acquiescé.

J'ai senti mon estomac se serrer. Je n'en étais pas aussi certaine que lui. Bien sûr, je m'étais entraînée avec les Chênes géants. Mais je devais reconnaître que j'avais déjà eu du mal à entrer dans leur équipe.

Et à ma connaissance, personne des Chênes géants, pas même Campbel Smith, ma compagne de chambre, n'avait osé tenter une balle tombante.

— Punaise, que nous sommes contents que tu sois revenue! n'arrêtait pas de répéter Max.

Ouille, ouille, ouille! J'ai intérêt à me montrer à la hauteur. Et moi qui pensais ne plus subir de pression! Quelle rigolade!

Finalement Max et Brian ne devaient pas être si contents que ça de me voir: ils sont restés à peine le temps d'engloutir la moitié des brownies que Carrie m'avait préparés en bienvenue.

Après leur départ, Carrie m'a conduite chez mon amie Amanda où j'étais invitée pour la nuit. J'ai passé une soirée fabuleuse. Nous avons commandé des pizzas et loué deux films. Mais nous les avons à peine regardés tellement nous avions de choses à nous raconter. Amanda voulait tout savoir sur le Chêne blanc. Je lui ai décrit les dortoirs et les vieilles traditions. Notre superbe salle à manger. Et surtout les garçons du cours Harrington.

À force d'en parler, le Chêne blanc m'a paru encore mieux que lorsque j'y étais !

— Ça a l'air génial ! a dit Amanda. Pourquoi es-tu partie ? Attention, je suis ravie que tu sois revenue ! s'est-elle empressée d'ajouter.

Pourquoi étais-je partie ? Parce que papa, Carrie et mes amis me manquaient. Et parce que les Belmont Bashers avaient besoin de moi. Et surtout parce que je m'étais disputée avec Ashley.

Je n'ai pas parlé de ça à Amanda. C'est trop personnel. Et je n'allais pas dire du mal de ma sœur alors qu'elle n'était pas là pour se défendre.

En tout cas, j'avais dû beaucoup manquer à Amanda. Elle trépignait de joie que je sois revenue.

Moi aussi. Qu'y a-t-il de mieux que de retrouver ses meilleurs amis ?

C'était encore plus chouette que je ne m'y attendais.

Sauf que… maintenant que je suis de retour dans ma chambre, prête à éteindre la lumière, je vois le lit à côté… et il est vide.

Ça va me faire bizarre de dormir dans cette chambre sans Ashley.

3

Mercredi

Mary-Kate

Cher journal,

Ne me demande pas pourquoi je n'ai rien écrit depuis trois jours. J'ai été débordée !

Moi qui croyais que ce serait facile de reprendre mon ancienne vie, je me trompais !

Changer d'école deux fois en cours d'année, ça craint !

Quand j'ai quitté Chicago, il y a quelques mois, j'étais excellente en maths. Taylor Donovan (l'apollon qui me donnait des cours particuliers) m'avait tellement fait bosser que je me suis retrouvée en tête de classe au Chêne blanc !

En fait, ça signifiait que nous avions un niveau supérieur à Chicago. Et maintenant je me retrouve à la traîne.

M. Frankel m'a retenue après les cours pour m'en parler.

— Mary-Kate, que t'arrive-t-il ? Tu obtenais d'excellents résultats en maths. On dirait que tu as tout oublié.

— Une crise d'amnésie, peut-être, ai-je plaisanté.

— Eh bien, que dirais-tu de venir plus tôt, demain matin, te rafraîchir la mémoire ? a-t-il rétorqué.

Quelle poisse ! Il va falloir que je me lève à six heures pour retrouver M. Frankel à sept.

C'est ça qui me chagrine. Grâce à Taylor, j'ai vaincu ma hantise des maths, mais je déteste me lever tôt.

Bref, après ma conversation avec M. Frankel, je suis allée à l'entraînement de softball. Toute l'équipe s'est ruée sur moi. Ils doivent vraiment avoir besoin de moi !

— Bon, écoutez-moi, les Bashers, nous a dit l'entraîneur, Latimore. Il faut absolument que nous remportions trois matches pour aller en sélection. Et la première occasion se présente dès le week-end prochain.

— Pas de problème, ai-je répondu d'une voix qui se voulait assurée.

J'ai pris une batte et Jordan m'a lancé une balle.

Paf! Je l'ai pratiquement envoyée à l'autre bout du parc !

— Bravo, Mary-Kate ! ont crié Brian et Lisa.

Que veux-tu que je te dise, cher journal ? C'était génial de les entendre m'acclamer !

Pourtant, tu sais ce qui est le plus bizarre ? Alors que je suis ravie d'être rentrée à la maison et d'avoir retrouvé mon ancienne équipe, j'ai l'impression qu'il me manque quelque chose. (Et je ne parle pas que d'Ashley. À propos, elle ne m'a même pas appelée !)

En revenant ici, j'ai l'impression de retomber dans la routine. En fait, j'ai aimé changer de vie et faire de nouvelles expériences au Chêne blanc. Ça donnait du piment à l'existence.

Alors, quand j'ai vu au tableau d'affichage que les auditions pour la prochaine pièce de théâtre auraient lieu vendredi, j'ai sauté de joie. Car j'ai l'intention de m'inscrire ! On va jouer *Peter Pan*, la comédie musicale. Ne serait-ce pas fabuleux si j'étais prise pour le rôle de Peter ?

C'est Ashley qui serait épatée !

Je me demande pourquoi elle ne m'a toujours pas donné de nouvelles.

Ashley

Cher journal,

Que vais-je devenir ? Mary-Kate m'en veut toujours.

Aucun signe d'elle, alors que nous nous étions promis de nous téléphoner le plus tôt possible.

Hier, j'ai craqué et je l'ai appelée. J'ai fait la queue soixante-dix minutes au téléphone du dortoir. Quand mon tour est enfin arrivé, il était plus de cinq heures. Je pensais que ce serait Mary-Kate qui répondrait, mais je suis tombée sur le répondeur.

C'était la voix de Mary-Kate avec un nouveau message d'accueil.

« Bonjour. Vous êtes bien sur le répondeur de Mary-Kate, Kevin et Carrie. Laissez-nous vos coordonnées et nous vous rappellerons. Au revoir ! »

J'étais stupéfaite. Ils m'avaient enlevée du message ! J'ai eu brusquement l'impression de ne plus exister.

J'avais le cœur de plus en plus serré. Et où était passée Mary-Kate ? Elle aurait dû être rentrée à cette heure-ci. J'étais furax. Elle devait s'amuser comme une folle pendant que je perdais mon temps à faire la queue pour lui téléphoner.

(C'est la seule chose que je déteste ici. Qu'il n'y ait qu'un téléphone pour un dortoir entier.) Quoi qu'il en soit, j'étais tellement retournée que lorsque le bip a retenti, je n'ai rien trouvé de mieux à dire que : « Bonjour, tout le monde. C'est Ashley. Où êtes-vous ? Rappelez-moi si vous avez envie. Au revoir. »

Et crois-tu que Mary-Kate m'a rappelée ? J'attends encore !

Alors, maintenant, je flippe sérieusement, cher journal. Moi qui pensais être bien au Chêne blanc sans elle ! Mais je n'imaginais pas qu'elle me laisserait tomber comme une vieille chaussette.

J'ai quand même une bonne nouvelle. J'ai fini la dissertation de Mlle Bloomberg. Et j'en suis très fière.

Je suis allée aujourd'hui à la bibliothèque du cours Harrington faire des recherches pour mon projet scientifique. Comme mon cousin Jeremy se trouvait là, je lui ai demandé de relire ma prose.

— Tu es sûre ? s'est-il étonné.

— Absolument. Mlle Bloomberg est une maniaque de la grammaire et de la ponctuation. Et tu es bon en orthographe, non ? Ça ne t'ennuie pas ?

Il a haussé les épaules.

— Si tu veux. Ça me changera les idées.

Nous étions assis à une grande table avec nos affaires étalées autour de nous. Il a pris mon devoir et s'est mis à le lire.

— Waouh ! a-t-il marmonné alors qu'il

en était à la moitié. C'est bon, Ashley. Vraiment bon.

— Merci. Tu ne vois pas de fautes ?

Il a secoué la tête et continué sa lecture.

Quand il a eu fini, il m'a dévisagée d'un air admiratif.

— Fabuleux ! s'est-il exclamé. C'est la meilleure disserte que j'aie jamais lue. Où as-tu été pêcher tout ça ?

— Je ne sais pas. Le livre était excellent. Il m'a inspirée.

J'ai voulu reprendre mes feuilles mais Jeremy les a serrées contre sa poitrine.

— Je dois rendre la mienne dans cinq jours. Et je n'ai pas encore choisi le bouquin.

— Tu plaisantes !

Il était encore plus tire-au-flanc que je ne le croyais.

— Je suis dans les choux. Vendredi, nous devons rendre à la fois notre projet scientifique et notre devoir de littérature ! Je suis fichu !

J'ai vu s'allumer une petite lueur inquiétante dans son regard. Celle qu'il a chaque fois qu'il mijote un mauvais coup.

— Et si tu me passais ton devoir, Ashley ? Ça serait géant.

— Et puis quoi, encore ?

Je me suis penchée et je lui ai littéralement arraché les feuilles des mains.

— Tu es sûr qu'il n'y avait pas de fautes ?

— Ne t'inquiète pas, m'a-t-il répondu d'un ton sinistre. Tu auras un A+. C'est un chef-d'œuvre.

Je dois reconnaître que j'étais assez fière. J'ai voulu l'encourager à mon tour. Je lui ai même suggéré quelques livres très courts à lire.

— Et si tu prenais une biographie de Napoléon. Elle devrait être assez brève, ai-je plaisanté. Il était tout petit.

— Et pourquoi pas une biographie des deux naines de jardin, Ashley et Mary-Kate Burke, pendant que tu y es ? a-t-il riposté.

— Très drôle. Enfin, plaisanterie à part, tu pourrais lire *La Perle* de John Steinbeck. Ça fait moins de cent pages.

— Je cherche quelque chose de moins de dix pages, a-t-il soupiré.

— Un truc comme *Boucle d'or* ?

Son visage s'est éclairé.

— Tu crois que M. March acceptera ?

— J'en doute. Enfin, c'est à lui qu'il faut le demander.

— Non. C'est déjà tout vu. Je rédigerai ma disserte sans lire de livre.

Aïe ! Mon cher cousin courait au désastre. Mais comme j'avais encore une tonne de recherches à effectuer pour mon projet scientifique, je me suis replongée dans mon travail. Tu aurais vu notre table... Il y en avait partout !

Quelques minutes plus tard, Phoebe est arrivée. Elle portait un vieux manteau vert à boutons violets vraiment très joli. Pas mon style, bien sûr, mais ça lui allait très bien.

Je croyais qu'elle allait s'asseoir près de nous, mais quand elle a vu Jeremy, elle a préféré s'installer plus loin. Elle n'apprécie pas beaucoup son humour.

Voilà, tu sais tout de ma journée, cher journal. Pas mauvaise en dehors du fait que

Mary-Kate ne m'a toujours pas appelée. Je vais lui envoyer un mail. Avec un peu de chance, elle me répondra. Croisons les doigts.

4

Jeudi

Mary-Kate

Cher journal,

T'ai-je dit que mes amis étaient contents de m'avoir retrouvée ?

Correction : mes amis sont fous de joie… à condition que je fasse ce qu'ils attendent de moi.

C'est-à-dire, jouer au softball, point final.

Si j'ose prétendre m'intéresser à autre chose, comme auditionner pour la pièce de théâtre du collège, je déclenche l'hilarité générale. C'est ce qui s'est passé aujourd'hui au déjeuner.

— As-tu vu l'affiche de *Peter Pan* ? ai-je demandé à Amanda. Les auditions auront lieu demain.

— Et alors ? m'a-t-elle répondu en mordant dans son sandwich.

— Je pensais me présenter, ai-je annoncé avec un grand sourire.

Brian a éclaté de rire. Max a failli s'étrangler avec son chocolat chaud.

— Toi ? a coassé Brian, les yeux écarquillés. Faire du théâtre !

Amanda a gloussé, elle aussi.

— Allons, Mary-Kate. Arrête de nous charrier. Tu plaisantes, j'espère ?

J'ai froncé les sourcils.

— Pourquoi ?

— Parce que ! Ton truc, c'est le sport, pas le théâtre !

J'avais le visage en feu. Comment mes amis osaient-ils me sous-estimer ainsi ? Et le pire, c'est qu'ils ne le disaient pas méchamment. Ils en étaient convaincus !

— Eh bien, Peter Pan est plutôt athlétique. Il se bat à l'épée, il vole... En plus, son personnage est toujours joué par une fille. Je pensais être l'interprète idéale.

Max a secoué la tête.

— Tu rêves, Mary-Kate. Réfléchis. Qu'est-ce que tu vas faire ? Dribbler le capitaine Crochet ? Lancer une balle glissante à Wendy et aux Enfants Perdus ?

Oh ! Ils pensaient vraiment que je n'étais bonne qu'à tenir une batte ! J'étais vexée.

— Contente-toi de jouer au softball, m'a conseillé Brian. Là, tu es douée.

— Oui, a acquiescé Amanda. Surtout que tu n'as rien d'une actrice. Tu n'as pas la moindre fibre théâtrale.

« Ah bon ? ai-je pensé. Pourtant je vous joue parfaitement la comédie en ce moment. Vous ne vous doutez pas que je meurs d'envie de vous étrangler. »

Je me suis collé un gros morceau de brioche aux myrtilles dans la bouche pour ne pas répondre. Mais, intérieurement, je bouillais.

Et c'est à ce moment-là que j'ai éprouvé ma première bouffée de regret pour le Chêne blanc !

Personne là-bas ne m'aurait traitée de la sorte. Personne ne me considérait comme juste bonne à faire du sport.

J'ai voulu en parler à Carrie, ce soir, au dîner pendant que papa était retenu à l'université par une réunion.

— Jouais-tu dans les pièces de théâtre de ton école ? lui ai-je demandé.

— Bien sûr. Je n'en ratais pas une seule. Et je tenais toujours de très grands rôles.

— Génial ! Lesquels ?

— Voyons… au CP, nous avons joué *Les Trois Petits Cochons*…

— Et tu étais le loup ?

— Non, la maison en brique. Puis au collège j'ai été un arbre dans *Into the Woods*, et au lycée j'ai joué une montagne dans une pièce idiote sur l'ascension de l'Everest. Tu vois, je ne te mentais pas. J'ai toujours eu des rôles gigantesques.

J'ai éclaté de rire.

— En somme, avec le rôle de la montagne, tu as atteint le sommet de ta carrière ?

— Qu'est-ce que tu crois ? On me l'a déjà sortie, celle-là !

J'ai donné des petits coups de fourchette dans mes macaronis au fromage.

— J'ai l'intention de passer l'audition pour *Peter Pan*, ai-je annoncé.

— Super ! J'ai hâte de te voir planer à travers la scène. Voilà ce qui s'appelle voler vers de nouveaux sommets !

— Ouais. Malheureusement Amanda, Brian et Max ne partagent pas ton enthousiasme.

— Comment ça ?

— Quand je leur ai dit que je me présentais à l'audition, ils ont éclaté de rire.

— Oh, il ne faut pas te vexer. Ils voulaient juste plaisanter. Tu les connais…

— Mais…

— Il te faudra sans doute un peu de temps pour reprendre ta place dans ta bande. Ne sois pas impatiente.

Justement, peut-être que je n'ai aucune envie de reprendre ma place, surtout si c'est pour me retrouver rangée dans une petite boîte, avec l'étiquette « Mary-Kate la sportive ».

Je ne me limite pas à ça !

Carrie a enchaîné sur un poster des Chicago Bulls qu'elle avait vu dans un magasin en ville.

« Voilà qu'elle s'y met, elle aussi ! ai-je pensé. Comme s'il n'y avait que le sport qui m'intéressait ! »

J'aimerais avoir quelqu'un à qui parler de la pièce.

Quelqu'un qui me comprendrait.

Quelqu'un comme Ashley.

Mais elle ne m'a toujours pas téléphoné. Non, pas une seule fois depuis mon retour à la maison. Elle ne m'a même pas envoyé de mail !

Alors j'ai craqué et je l'ai appelée. Et devine qui m'a répondu ? Kristin Lindquist, l'amie de Dana Woletsky. Elle m'a dit qu'Ashley était en communication longue distance avec un garçon, mais qu'elle promettait de lui dire que j'avais téléphoné.

Espérons qu'elle y pensera.

En attendant, je ne laisserai ni Amanda, ni Brian, ni Max me dicter ma conduite. Et je passerai cette audition coûte que coûte ! Je meurs de frousse et d'impatience à la fois.

Mon seul souci, c'est de savoir comment j'arriverai à concilier le softball et le théâtre ?

Enfin, il sera toujours temps de s'en inquiéter si je décroche un rôle.

C'est demain le grand jour, cher journal. Souhaite-moi bonne chance !

Ashley

Cher journal,

J'ai vraiment le don de me mettre Mlle Bloomberg à dos !

Tu n'imagineras jamais ce qui m'est arrivé aujourd'hui, en cours de littérature. Tu te souviens que je devais rendre ma dissertation, n'est-ce pas ? Et j'étais si fière de moi que j'attendais ce moment avec impatience.

— Bien, mesdemoiselles, a annoncé Mlle Bloomberg. Faites passer vos devoirs vers le devant de la classe, s'il vous plaît.

J'ai plongé la main dans mon sac pour prendre le classeur dans lequel j'avais rangé le mien. Je l'ai ouvert, et là, j'ai failli tomber de mon siège.

Mon devoir avait disparu ! Il s'était volatilisé !

J'ai commencé à paniquer. Où était-il ? L'avais-je égaré ? Oublié quelque part ? Quelqu'un me l'aurait-il volé ?

J'ai essayé de réfléchir. Je l'avais lundi à la bibliothèque. Il ne devait pas être loin.

J'ai fouillé au moins cinq fois mes cahiers et mes classeurs. J'ai même regardé dans mes vieux devoirs de maths. Au cas où.

Introuvable.

Et Mlle Bloomberg me regardait en s'impatientant. J'ai levé le doigt.

— Euh… mademoiselle. Pourrais-je sortir ? Je crois que je vais être malade.

J'ai plaqué ma main sur ma bouche comme si j'allais vomir. Ça marche toujours. Personne ne tient à assister à un pareil spectacle.

Elle a hoché la tête d'un petit air pincé, comme si elle avait du mal à me croire.

Mais ce n'était pas le moment de s'en

soucier. J'avais intérêt à retrouver ma dissertation, et vite !

Si on remet un devoir en retard, Mlle Bloomberg a pour règle de baisser la note d'un niveau par jour de retard. Et du A au E, ça ne fait que cinq jours.

À peine sortie de la classe, j'ai couru vers Porter House et je suis montée quatre à quatre dans ma chambre, sans me faire voir. J'ai retourné mon bureau. Puis mes étagères. Et enfin ma commode.

Il n'était nulle part.

Alors que je commençais à désespérer, j'ai aperçu un disque qui dépassait du lecteur de CD de mon ordinateur. C'était celui sur lequel j'avais enregistré mon devoir !

Bingo ! Il ne me restait plus qu'à en imprimer un autre exemplaire !

J'ai couru au laboratoire informatique en rasant les murs. Manque de chance, M. Warsowsky était occupé à sortir des polycopiés pour son cours d'instruction civique. Je me suis cachée dans le couloir en attendant qu'il ait terminé.

Quand j'ai eu enfin accès à l'imprimante, elle n'avait plus de papier.

Bref, le temps que je la recharge et que j'imprime mon devoir, une bonne demi-heure s'était écoulée et le cours était presque terminé.

Je suis repartie en courant vers la classe, et j'ai caché mon devoir sous mon pull. Je ne pouvais pas rentrer en le brandissant à la main. Du coup, je devais rester très droite pour ne pas risquer de le froisser.

— Ashley ! m'a interpellée Mlle Bloomberg d'un ton glacial. Quel plaisir de vous revoir ! Vous allez mieux, j'espère ?

Ouille ! J'avais complètement oublié que j'étais censée être malade !

J'ai hoché la tête en essayant de prendre un air abattu, mais ce n'était pas facile car j'avais les joues bien roses après avoir couru. Et j'étais hors d'haleine.

J'ai regagné ma place sous le regard plus ou moins soupçonneux de mes camarades.

— Alors, Ashley, pouvez-vous me remettre votre devoir ? a demandé Mlle Bloomberg.

— Euh… tout de suite.

Mais il fallait d'abord que je le sorte de mon pull.

Heureusement, j'étais assise au fond de la classe, assez loin de Mlle Bloomberg. J'ai fait semblant d'avoir une quinte de toux. En même temps, j'ai laissé tomber mon stylo et, en me penchant pour le ramasser, j'ai extirpé mon devoir de sa cachette.

Certes, il était un peu chiffonné. Enfin, au moins l'ai-je rendu à temps !

— Merci, Ashley, m'a dit Mlle Bloomberg d'un petit ton sarcastique.

Phoebe, qui me connaît presque aussi bien que Mary-Kate, m'a lancé un coup d'œil perplexe. Elle devait se demander à quoi rimait cette quinte de toux.

À propos de Mary-Kate, elle n'a toujours pas répondu à mes mails. Je lui en ai envoyé un hier soir et un autre aujourd'hui.

Il faut que je regarde la vérité en face. Mary-Kate ne me parle plus. Ça me fait de la peine. Mais il ne faut pas que j'y pense. Je me retrouve vraiment seule maintenant.

La seule chose qui m'intéresse désormais, c'est de savoir ce qui est arrivé à mon devoir.

J'y ai réfléchi toute la journée. Et je ne vois qu'une explication : Jeremy.

C'est vrai, il est la dernière personne à l'avoir vu, non ? Alors, ou il l'a emporté par erreur… ou il l'a fait exprès. Pour me faire une blague, qui sait ?

Si c'est le cas, le cher cousin Jeremy ne perd rien pour attendre.

5

Lundi

Mary-Kate

Cher journal,

Tu ne le croiras jamais. J'ai décroché un rôle dans la pièce !

N'est-ce pas fantastique ?

Je viens de consulter la liste que M. Ousakian, le professeur d'art dramatique, a affichée sur le tableau du hall.

J'ai été d'abord déçue de voir que c'était Caitlin Morris qui avait obtenu le rôle de Peter Pan, et pas moi.

Mais quand j'ai aperçu mon nom plus loin, ça m'a fait si plaisir que, depuis, j'ai l'impression de flotter sur un petit nuage !

Bon, d'accord, il faudrait peut-être que je me calme et que je te raconte toute l'histoire.

Les auditions ont eu lieu vendredi soir après les cours, au gymnase. C'est M. Ousakian qui les dirigeait. Il est très sympa. Il met tout le monde en boîte, mais jamais méchamment. Il essaie juste de nous décontracter.

Par exemple, quand James s'est levé pour jouer le capitaine Crochet, M. Ousakian lui a lancé en riant :

— James, tu ne crois pas que tu as déjà assez de métal sur toi ?

Tout le monde a éclaté de rire. James porte cinq boucles d'oreilles. En réalité, il n'a que deux piercings. Les trois autres sont factices.

Quoi qu'il en soit, quand mon tour est arrivé, je pensais avoir le trac mais pas du tout ! Je suis montée sur l'estrade et je me suis campée au milieu, les pieds écartés, les mains sur les hanches, dans la position favorite de Peter Pan.

Je me trouvais supercool.

— Tu es parfaite, Mary-Kate, seulement tu vas avoir du mal à tenir ton script comme ça.

J'ai couru prendre mon texte sur la table, rouge de confusion.

— Va à la page trente-quatre, m'a dit M. Ousakian. Je vais lire les répliques de Wendy et tu liras celles de Peter Pan. À partir du début.

Tout le monde a été très gentil avec moi. Je ne connaissais pratiquement personne. Il y avait surtout des quatrièmes. Et des élèves qui avaient déjà joué dans d'autres pièces. Tu sais, plutôt du genre intellos.

Mais depuis que je suis allée au Chêne blanc, je n'ai pas de mal à me faire de nouveaux amis.

Jennifer Dilber, l'amie snob d'Ashley, a été la seule à me lancer une vacherie.

— Tu sais que tu serais parfaite dans le rôle du crocodile ?

Très drôle !

Quoi qu'il en soit, comme je n'étais pas sûre de décrocher un rôle, j'ai préféré ne rien écrire vendredi soir. J'avais peur que ça ne me porte malheur.

Et tu ne devineras jamais !

Je serai Lili la Tigresse, la princesse indienne !

La seule chose qui m'inquiète maintenant, c'est mon entraînement de softball. Je l'ai raté vendredi à cause de l'audition. Et j'avoue que j'ai menti à Amanda. Je lui ai dit que je devais passer un examen blanc en maths.

— Quoi ! M. Frankel te garde après les cours un vendredi après-midi ! a-t-elle hurlé.

— Oh, ça m'est égal. Je préfère en être débarrassée avant le week-end.

Amanda m'a dévisagée comme si j'étais une Martienne.

Et au match de samedi, elle n'a pas arrêté de me répéter :

— Mary-Kate, tu es le ciment qui unit notre équipe !

Tu imagines comme j'ai culpabilisé !

— Ne t'inquiète pas, je serai là lundi, ai-je promis. Et l'important, c'est que je sois présente aujourd'hui.

C'était mon tour à la batte. Hélas, j'ai été éliminée. Et quand j'ai regagné ma place sur le banc, Amanda m'a jeté un regard qui signifiait : « Si tu étais venue t'entraîner, on aurait pu gagner. »

Nous avons perdu quatre à zéro.

J'avais menti à Amanda vendredi car je préférais que personne ne sache que je passais l'audition au cas où je n'aurais pas été sélectionnée. Mais maintenant que je tenais un rôle, je devais lui dire la vérité.

J'ai donc essayé de lui annoncer la nouvelle au déjeuner.

— Dis, Amanda, tu te souviens de l'audition pour *Peter Pan* ?

— Oh, heureusement que tu n'y es pas allée. Tu n'as vraiment rien d'une actrice.

— Ah bon ?

Une fois de plus, j'ai dû me retenir pour ne pas exploser.

— Oui. En plus, tu risquerais de te ridiculiser devant tout le monde. Il vaut mieux que tu t'en tiennes au sport, crois-moi.

Que je me ridiculise ? Je n'y avais même pas pensé.

J'ai donc décidé de ne rien dire à mes amis. Il sera toujours temps de les mettre au courant si je m'aperçois que j'ai la fibre théâtrale !

J'ai encore téléphoné à Ashley. (Elle ne m'a pas rappelée la semaine dernière, mais peut-être que Kristin ne lui a pas transmis mon message.) Et cette fois, après m'avoir mise en attente, on m'a raccroché au nez !

J'en ai assez, cher journal. Quand Ashley aura envie de me parler, elle sait où me joindre !

Ashley

Cher journal,

Je suis tellement folle de rage que j'ai du mal à écrire.

Je sais ce qui est arrivé à mon devoir.

C'est bien Jeremy qui me l'a pris. Et tu ne le croiras pas, il l'a rendu en le faisant passer pour le sien !

J'ai découvert la vérité cet après-midi. Je suis tombée sur Jeremy juste avant le début du cours d'histoire que nous avons en commun avec les garçons d'Harrington.

— Dis donc, Jeremy, lui ai-je dit, tu te souviens de l'autre jour, quand nous étions ensemble à la bibliothèque ? Tu n'aurais pas ramassé mon devoir avec tes affaires, par hasard ?

Il est devenu écarlate. J'ai aussitôt compris qu'il m'avait joué un sale tour.

— Euh... si, a-t-il marmonné en contemplant ses tennis.

— Jeremy, si c'est une blague, elle n'est pas drôle !

— Oh, arrête ! Ce n'était pas une blague ! J'en avais vraiment besoin, d'accord ?

Quoi ! Je me suis brusquement aperçue qu'il avait l'air tout péteux. Comme s'il avait fait quelque chose de mal. De très, très mal.

— Comment ça, tu en avais besoin ? ai-je demandé.

— Chut ! Tu veux bien parler moins fort ? Il a regardé autour de nous pour être sûr que personne n'écoutait.

— Écoute, je suis désolé, Ashley, mais je n'ai pas eu le choix. Je devais remettre le devoir aujourd'hui, et je n'avais pas eu le temps de le faire. Alors j'ai rendu le tien.

J'ai failli en tomber de stupeur.

— Jeremy ! Tu plaisantes ? Il y avait mon nom dessus !

— Non, je l'ai retapé avec mon nom à la place du tien. Je suis futé, hein !

— J'y crois pas ! ai-je hurlé. Jeremy, c'est du plagiat de voler les textes des autres !

— Punaise, Ashley ! Pourquoi ne pas faire passer une annonce sur MTV, tant que tu y es ? Tu pourrais parler moins fort !

Que je parle moins fort ! Il rêvait ? C'est vrai, quoi ! Qu'est-ce qu'il espérait ? Que je me taise ?

Sans compter que je risquais de le payer cher s'il se faisait prendre.

Mon esprit galopait à la recherche d'une solution.

Le dénoncer ? Impossible. Ça ne se fait pas de moucharder un membre de sa famille. Et il serait bien capable de dire que j'étais de connivence. Si on le croyait ?

— Il faut que tu ailles trouver ton prof tout de suite pour récupérer ce devoir, ai-je déclaré d'une voix ferme.

— Pas question.

— Je t'en prie, Jeremy, vas-y avant qu'il ne soit trop tard.

— Cool, Ashley. Personne ne s'apercevra de rien. On ne sera pas pris. Et je ne recommencerai pas, d'accord ?

Mon cours allait débuter et je n'avais plus le temps de discuter. Alors je suis partie.

Mais après, j'ai été sur les dents toute la journée. Chaque fois qu'un prof regardait dans ma direction, je me sentais dans mes petits souliers. « Tu es cuite, Ashley. Va direct en prison. »

En fait, je risque bien pire que ça. Si on me soupçonne d'avoir triché, je serai sans doute expulsée du Chêne blanc et renvoyée chez moi.

Et je ne peux pas rentrer à Chicago. Ma sœur est toujours fâchée à mort contre moi !

Je suis très contrariée par cette histoire de devoir, cher journal. Je sais néanmoins que j'irais beaucoup mieux si je pouvais en parler avec Mary-Kate.

Je mourais d'envie de l'appeler aujourd'hui. J'ai donc déjeuné en vitesse pour revenir téléphoner en cachette à Porter House.

J'ai composé le numéro de la maison en croisant les doigts. Mais une fois de plus, Mary-Kate n'était pas là. Et je suis retombée sur ce crétin de répondeur avec son message à la noix !

J'ai raccroché sans rien dire. Je ne vais pas supplier Mary-Kate de m'appeler alors qu'elle ne prend même pas la peine de répondre à mes mails.

Ça me rend folle qu'elle ne soit jamais à la maison. Où peut-elle bien aller tous les jours après les cours ?

Je dois te quitter, cher journal. Mon estomac crie famine. Comme si je n'avais pas assez de souci avec Mary-Kate, voilà qu'il faut que j'assume en plus les bêtises de Jeremy !

Nous allons avoir de gros ennuis par sa faute, je le sens.

À moins que…

Hé, attends ! Je viens d'avoir une idée géniale. Oui, elle est digne d'Ashley !

Je te raconterai ça demain, cher journal. Souhaite-moi bonne chance !

6

Mardi

Mary-Kate

Cher journal,

Aucune nouvelle d'Ashley. Elle n'a toujours pas essayé de me joindre ! Même pas par mail ! Plus j'y pense, plus ça m'énerve.

Je viens de prendre une grande décision. Je ne parlerai plus d'elle dans ce journal. À partir de cette seconde, je la raie de ma vie.

Sais-tu que j'ai vécu un grand moment aujourd'hui ?

J'ai assisté à ma première répétition !

J'ai adoré l'ambiance. C'était super de regarder la scène depuis la salle. Nous avons attaqué l'Acte I.

M. Ousakian tient beaucoup à ce que tous les acteurs soient là, même ceux qui ne jouent pas. Ce qui était mon cas (Lili la Tigresse n'apparaît qu'à l'Acte II).

Du coup, j'ai encore raté l'entraînement avec les Bashers. Tant pis. J'ai passé un après-midi super.

Sara Morgan, une élève de quatrième très sympa, s'est assise à côté de moi. Elle danse merveilleusement et elle est aussi actrice dans la vie. On la voit de temps en temps dans des publicités à la télévision. M. Ousakian lui a donné le rôle de la fée Clochette.

— Tu ne trouves pas James Wilder fabuleux ? m'a-t-elle chuchoté.

James, le garçon aux cinq boucles d'oreilles, a décroché le rôle du capitaine Crochet. M. Ousakian lui a dit qu'il pouvait garder ses boucles pour jouer, que ça donnait à Crochet l'air d'un véritable pirate.

— Si, si, je le trouve très bien, mais ce n'est pas mon type, ai-je répondu.

— Tu craquerais si tu entendais les chansons qu'il écrit, m'a-t-elle murmuré d'une voix rêveuse.

C'est stupéfiant. Je me retrouvais à parler d'un garçon supermignon avec l'une des filles les plus populaires du collège.

Ashley en mourrait de jalousie, tu ne crois pas ? Enfin, si elle s'intéressait un tantinet à moi !

Oh ! J'ai oublié. C'est la dernière fois que je mentionne son nom. Promis.

Je suis rentrée chez moi toute contente après la répétition, ravie de ma journée. Et c'est là que je suis tombée sur Max et Brian qui revenaient du softball. J'ai eu un instant de panique en me demandant s'ils n'avaient pas découvert que je jouais dans la pièce.

— Où étais-tu passée, Mary-Kate ? m'a demandé Max.

Ouf ! Ils ne savaient rien. Jusqu'à présent j'avais de la chance. Ça faisait deux jours que la liste des acteurs était affichée.

J'ai donc menti. Je ne sais pas pourquoi. Les mots ont presque jailli tout seuls.

— M. Frankel m'a encore gardée après les cours.

Max et Brian ont hoché la tête d'un air compatissant.

— En tout cas, tu as intérêt à venir demain, a dit Max. L'entraîneur a demandé où tu étais.

J'étais assez embarrassée. Mais je voudrais qu'ils ignorent que je joue dans la pièce le plus longtemps possible. Enfin, je ne me fais pas d'illusions. Amanda va bien finir par comprendre, non ?

Ashley

Cher journal,

Ouf, je peux te dire que j'ai eu chaud. Je ne sais pas ce qui m'a pris. J'ai dû perdre la tête ! Et j'ai eu de la chance de m'en tirer comme ça.

Bon, je reprends tout depuis le début.

Après avoir longtemps réfléchi, je suis arrivée à la conclusion que je n'avais qu'une seule solution : récupérer mon devoir !

Dans l'idéal, il aurait mieux valu reprendre celui que Jeremy avait donné à M. March, seulement c'était impossible. La navette qui va à Harrington ne fonctionne pas le soir. Et je ne pouvais tout de même pas m'y rendre à pied, en pleine nuit.

J'ai donc décidé d'aller chez Mlle Bloomberg. Mon plan était simple. M'éclipser avec discrétion du dortoir après le dîner et me débrouiller pour trouver où elle habite. (Elle vit dans l'une des maisons du campus, mais j'ignore laquelle.) Ensuite la convaincre de me rendre mon devoir (en priant le ciel qu'elle ne l'ait pas lu). J'avais une excellente excuse. Je prétexterais que j'avais trouvé une idée encore meilleure, que je voulais rectifier mon devoir. Elle serait épatée !

Et il ne me resterait plus qu'à regagner Porter House avant l'extinction des feux.

J'avais dit que mon plan était simple. Eh bien, je devais être simple… d'esprit.

Je venais juste d'enfiler ma veste lorsque Phoebe est arrivée.

— Où vas-tu ? m'a-t-elle demandé, en me scrutant d'un œil soupçonneux.

— Je vais voir Mlle Bloomberg.

— Maintenant ?

Elle a regardé le réveil en fronçant les sourcils. Il était huit heures vingt-quatre et il faisait nuit.

— Pour quoi faire ?

Bonne question ! Je ne pouvais pas lui dire la vérité. Personne ne devait savoir que Jeremy avait copié mon devoir.

— Euh… elle est malade et… et je voulais lui apporter des brownies.

Heureusement, Carrie venait juste de m'envoyer des brownies maison. J'ai pris la boîte et je me suis précipitée vers la porte.

Phoebe a bloqué la sortie.

— Attends. Tu ne peux pas y aller toute seule. Il fait nuit. Je t'accompagne.

C'est ce que j'apprécie chez Phoebe : elle ne vous laisse jamais tomber. Sauf que ce soir, je n'avais aucune envie qu'elle vienne avec moi. Mais comment refuser ?

Tant pis. Je trouverais bien un moyen de parler en tête à tête avec Mlle Bloomberg, une fois là-bas.

Sortir de Porter House a été assez facile. Mlle Viola, notre gouvernante, parlait avec une élève et nous avons pu franchir la porte sans être vues. Et elle ne serait fermée à clef qu'à dix heures du soir.

À peine avons-nous mis le nez dehors que j'ai frissonné. La température avait bien fraîchi et c'était une nuit sans lune.

— Pouh ! Qu'est-ce qu'il fait sombre. On n'y voit rien.

J'avoue que je suis une citadine. Et à Chicago, clair de lune ou pas, il ne fait jamais totalement nuit avec les lumières de la ville.

En plus, je n'arrêtais pas d'entendre des bruissements dans les feuilles et des branches qui craquaient. Brrr ! J'ai hâté le pas.

— Viens, dépêchons-nous.

Phoebe a éclaté de rire.

— Que t'arrive-t-il, Ashley ? C'est une nuit magnifique. Tu n'as pas peur, dis-moi ?

— Non, je voudrais juste revenir avant l'extinction des feux.

— Tu crois que nous sommes suivies, me taquina-t-elle en prenant une voix d'outre-tombe.

— Ça suffit !

Je me suis presque mise à courir.

— Peut-être que notre célèbre Renifleur d'haleine est de sortie, a-t-elle chuchoté.

De quoi parlait-elle ? Et soudain je me suis souvenue. Le Renifleur d'haleine fait partie des légendes du Chêne blanc. Il s'agirait d'une créature couverte de poils qui vit dans les bois. Qui est irrésistiblement attirée par l'odeur du chocolat. Et qui ne sort que la nuit.

Et si vous avez eu le malheur de manger du chocolat, il vous saute dessus.

— Ha, ha ! me suis-je esclaffée. Il n'existe pas !

— Je n'en suis pas si sûre. Ma grande sœur était là quand il a attaqué Rachel Calloway.

— C'est vrai ?

J'avais eu des échos de cette histoire. Rachel serait sortie tard un soir, il y a quelques années, après avoir avalé un sac entier de M&M's. Et elle était revenue le visage lacéré.

— Tu veux dire que c'est réellement arrivé ? ai-je demandé d'une voix tremblante.

— Oui.

Cette histoire doit vous paraître idiote mais je vous assure que, quand on marche seul dans le noir et qu'on n'arrête pas d'entendre des bruits bizarres, on ne la trouve plus drôle du tout.

— Heureusement que nous n'avons pas mangé de chocolat…

À peine avais-je prononcé ces mots que je me suis souvenue que nous avions grignoté des brownies toute la journée.

— Tu oublies que nous en avons tout un chargement, a ajouté Phoebe d'une voix blanche.

Nous sommes passées sous un réverbère et j'ai vu qu'elle était terrorisée. Elle plaisantait peut-être au début mais maintenant elle mourait de frousse.

— Et où est la maison de Bloomberg ?

Nous tournions dans le campus depuis vingt bonnes minutes.

— Je ne sais plus. Je croyais que c'était par là…

— Nous sommes perdues !

— Non. Regarde ! La voilà ! Le numéro onze, allée des Aubépines.

La peur nous donnait des ailes. Nous avons couru vers la porte et tambouriné de toutes nos forces.

Mais les lumières étaient éteintes et il n'y avait personne.

— Tu m'avais dit qu'elle était malade ! a gémi Phoebe en me fusillant du regard.

Je ne savais pas quoi répondre.

— Tu as entendu ? a murmuré Phoebe.

Nous nous sommes retournées d'un même élan.

On entendait des crissements de pas. Qui avançaient vers nous. Dans le noir.

— C'est le Renifleur d'haleine ! a couiné Phoebe.

— Jamais de la vie ! Ce doit être le gardien, ai-je rétorqué bravement.

— Fuyons !

Nous avons détalé, paniquées, en direction de Porter House. Et quand nous avons enfin aperçu l'entrée, je me suis rendu compte que les lumières étaient éteintes. L'heure de l'extinction des feux était passée !

Nous avons essayé d'ouvrir la porte. Elle était fermée à clef !

Oh, non ! Nous étions cuites !

Nous sommes restées quelques secondes à frissonner dans l'obscurité.

— Qu'est-ce qu'on fait, maintenant ? m'a demandé Phoebe d'un ton de reproche.

Crac... Clac !

Quelqu'un marchait sous les arbres, derrière nous.

— Le Renifleur d'haleine ! a chuchoté Phoebe.

Affolée, j'ai couru vers la fenêtre de l'une des chambres du rez-de-chaussée et j'ai frappé au carreau.

Quelqu'un a regardé par la vitre.

C'était Brooke Miller, une autre fille de cinquième que je connais à peine.

Elle a ouvert sa fenêtre.

— Salut ! Qu'est-ce qui vous arrive ? a-t-elle demandé à voix basse.

— Salut. On s'est fait enfermer dehors. Tu veux bien qu'on passe par ta chambre ?

Elle a éclaté de rire. Elle devait nous prendre pour deux folles ! Mais on s'en fichait. Tout ce que nous voulions, c'était rentrer.

Brooke a aidé Phoebe à escalader l'appui de la fenêtre. Mais quand j'ai voulu grimper à mon tour, je me suis accrochée dans la haie contre le mur. Et je dois reconnaître que moi, Ashley Burke, j'ai poussé un grognement fort peu élégant.

Je n'aurais pas dû. Car, au même moment, une lumière s'est allumée dans le salon et j'ai senti qu'on m'observait.

Phoebe s'est retenue jusqu'à ce que nous soyons en sécurité dans notre chambre. Et là, elle a explosé !

— Tu disais que Mlle Bloomberg était malade et elle n'était même pas chez elle ! Alors que se passe-t-il ?

— Je-je ne sais pas.

Elle a attendu en tapant du pied, les mains sur les hanches.

— Euh… c'est assez difficile à expliquer, ai-je répondu, piteuse.

— Très bien. Ne me dis rien. Mais la prochaine fois, inutile de me demander de t'accompagner.

Et sur ces mots, elle s'est couchée et a éteint la lumière.

Je suis restée allongée dans le noir, incapable de trouver le sommeil. Je ne pouvais pas en vouloir à Phoebe. Non seulement je lui avais menti, mais je refusais de lui dire pourquoi.

Comment ai-je pu me fourrer dans un pétrin pareil ?

Et comment vais-je m'en sortir ?

Si seulement Mary-Kate était là !

7

Vendredi

Mary-Kate

Cher journal,

D'abord, je ne parlerai pas de qui tu sais. Sauf qu'elle n'a toujours ni appelé, ni écrit, ni même envoyé un mail depuis quinze jours !

Et ça fait deux fois que je saute les entraînements de softball pour assister aux répétitions. Je m'en veux beaucoup.

Mercredi, j'ai dit à Amanda que j'avais rendez-vous chez le dentiste. J'ai même fait semblant de rentrer chez moi avant de revenir en douce au théâtre.

Hier, je suis tombée sur Max et Brian, à la sortie des cours.

— On se voit au softball ! m'a lancé Brian.

— Oh, je crois que je couve un rhume, ai-je dit d'une voix fatiguée. Je ne sais pas si je viendrai.

Max a explosé.

— Écoute, Mary-Kate, c'était inutile de quitter ta pension si tu ne joues pas !

Il plaisantait ou quoi ? On aurait dit que je ne leur avais manqué que pour le softball !

J'avais envie de l'étrangler, mais comme j'étais soi-disant malade, je me suis retenue.

— Je dois y aller ! ai-je crié en me précipitant vers les toilettes des filles.

J'y suis restée cachée un long moment avant d'aller à ma répétition.

J'avais mauvaise conscience de manquer tous ces entraînements. Alors, aujourd'hui, j'ai fait le contraire. Et c'est à M. Ousakian que j'ai raconté que j'avais rendez-vous chez le dentiste.

C'est dur d'assurer tous ces mensonges et… mes soins dentaires.

— Te voilà enfin ! s'est exclamé Brian en me voyant arriver. Il était temps.

— Bienvenue ! m'a lancé joyeusement l'entraîneur, l'air ravi de me revoir.

Il a déchanté dès que j'ai pris la batte.

J'étais tellement rouillée que je me suis fait éliminer.

À la fin de la journée, ils me sont tous tombés dessus en disant que je n'aurais pas joué aussi mal si je n'avais pas manqué si souvent.

Et ils avaient raison.

Nous avons un match demain. J'espère que je me serai reprise d'ici là.

Tu sais quoi, cher journal ? Je ne suis pas sûre de pouvoir aider les Bashers. Je n'arrive plus à me concentrer sur mon jeu ! J'ai même dit à Carrie de ne pas venir voir le match.

— Pourquoi, Mary-Kate ? s'est-elle étonnée. Je m'en faisais une fête.

— Oh, nous jouons contre une équipe nulle. Ce sera mortel.

Encore un mensonge à ajouter à ma longue liste. Mais je ne veux pas que Carrie soit témoin de mes déboires.

Que vais-je faire, cher journal ? Je ne peux pas continuer ainsi. Et il n'est pas question que j'abandonne la pièce. Jouer me plaît encore plus que je ne m'y attendais.

J'aimerais pouvoir en parler franchement à l'entraîneur. J'adore les Belmont Bashers, mais n'ai-je pas le droit de m'intéresser à d'autres domaines ?

Hélas, notre entraîneur a toujours été clair sur ce sujet : notre équipe doit passer avant tout.

Je suis de trop mauvaise humeur pour continuer à écrire ce soir. Rassure-toi, tu n'y es pour rien, cher journal. Tu sais à qui c'est la faute…

Pourquoi ne m'a-t-elle toujours pas appelée ? Ne sait-elle pas que j'ai souvent besoin de ses conseils ? Comme maintenant.

Pourtant, je lui en veux tellement que si elle m'appelait, je ne suis même pas sûre que je lui parlerais !

Ashley

Cher journal,

C'est la cata.

À la sortie du cours de littérature, Mlle Bloomberg m'a remis un mot sans rien dire.

« Ashley, je vous attends à quatre heures, demain après-midi. Je voudrais vous parler d'un sujet important. »

Mon estomac s'est retourné une trente-sixième fois.

Je n'arrête pas de relire sa note en me posant toutes sortes de questions. A-t-elle découvert que Jeremy avait volé mon devoir ? Et si jamais elle pense que c'est moi qui ai copié ?

Je le saurai demain. Être convoquée par un professeur le samedi n'augure rien de bon !

En plus, j'ai encore envoyé deux mails à Mary-Kate et elle n'a pas répondu.

Elle l'aura voulu ! J'abandonne. Tant pis pour elle.

8

Samedi

Ashley

Cher journal,

Les lumières sont éteintes et j'écris dans mon lit à la lampe de poche. Phoebe est réveillée, je crois. Mais je ne peux pas lui parler de ce qui m'empêche de dormir. Je ne peux en parler à personne.

Je devais aller voir Mlle Bloomberg à quatre heures, tu te souviens ? Et j'ai passé la journée sur les nerfs.

J'avais tellement le trac que je n'ai rien avalé au déjeuner. Ce qui est bien dommage : le repas était génial, aujourd'hui, parce que c'était une journée portes ouvertes. Une foule de parents sont venus visiter le Chêne blanc pour voir s'ils y enverront leurs enfants, l'an prochain.

Nous avons eu des pancakes aux myrtilles, ce matin au petit déjeuner, et du rosbif, de la pizza et des glaces à midi. Et je n'ai pas pris une seule bouchée. Tu te rends compte ?

Il faut dire que Phoebe n'a rien fait pour m'aider, non plus. Elle lit *Le Cœur révélateur* d'Edgar Poe. Ça parle d'un garçon qui tue quelqu'un et l'enterre sous le sol de sa maison. Et ensuite, il est tellement rongé de remords qu'il croit entendre battre le cœur de sa victime !

Ça donne la chair de poule, non ?

Et depuis le soir où nous sommes allées chez Mlle Bloomberg, Phoebe m'épie. Elle dit que lorsque les gens sont coupables, ça se lit sur leur visage.

— Alors, Ashley, tu ne manges pas ? m'a-t-elle demandé à midi. Quelque chose te pèse sur la conscience ?

Elle plaisantait sans doute.

— Je suis un nouveau régime, ai-je menti. Je ne peux manger que des conserves. Quelle poisse !

Elle a haussé les épaules mais j'ai vu qu'elle avait de la peine. Elle sent que je lui cache quelque chose.

Que faire ? Je ne peux pas lui dire que Jeremy a copié mon devoir. Elle le déteste déjà. Et je ne voudrais pas qu'elle aille moucharder.

En plus, elle ne comprendrait pas pourquoi je ne le dénonce pas moi-même.

Oublions Phoebe, et revenons-en à Mlle Bloomberg.

Quand l'heure fatidique est enfin arrivée, j'étais si angoissée que mon cœur cognait, comme dans cette affreuse histoire.

Et tout ça pour trouver la porte du bureau de Mlle Bloomberg fermée, avec un mot scotché dessus.

« Ashley, désolée, mais j'ai un contretemps. Je ne pourrai pas vous voir avant lundi. »

Lundi ! Dans deux jours ! Comment vais-je tenir jusque-là ?

J'aurai une attaque avant !

Mary-Kate

Cher journal,

Les Wildwood Ravens, 3 – Les Belmont Bashers, 2.

Nous avons encore perdu aujourd'hui. Et c'était ma faute.

Je suis morte de honte.

Quand mon tour est venu de prendre la batte, les Ravens nous menaient d'un point. Il ne me restait plus qu'à cogner la balle de toutes mes forces pour qu'on remporte le jeu. Et je n'ai rien trouvé de mieux que d'envoyer une petite balle molle droit dans le gant du lanceur !

J'aurais voulu disparaître sous terre.

Et le pire, c'est que plus personne ne m'a parlé après le match. D'accord, ça ne serait pas arrivé si je n'avais pas manqué les entraînements, mais ils n'avaient pas besoin d'en rajouter.

Alors que dois-je faire ?

Je ne peux pas abandonner le softball. Les Bashers comptent sur moi.

Et je ne peux pas non plus laisser tomber la pièce ! Là aussi, on compte sur moi. Et je tiens à prouver que je peux réussir dans d'autres domaines que le sport.

Mon costume de Lili la Tigresse est stupéfiant ! Attends que Mar…

Aïe ! C'est vrai que je me suis promis de ne plus écrire son nom. Alors appelons-la A. Donc, attends que A voie ça ! Elle en mourra de jalousie.

Mais il semblerait que je sois le dernier de ses soucis. Et elle ne verra jamais mon costume. Elle est à 1 300 km d'ici.

À l'aide ! cher journal. Tu es mon seul ami désormais. Que dois-je faire ?

Ohé, tu m'entends ?

9

Lundi

Ashley

Cher journal,

D'accord, je ne voulais plus parler à Mary-Kate mais j'ai changé d'avis. Je lui parlerai si elle m'appelle.

Je viens juste de lui envoyer un mail où je lui raconte tout ce qui m'est arrivé ces derniers temps. Comment Jeremy m'a volé mon devoir. Et mon rendez-vous cauchemardesque avec Mlle Bloomberg aujourd'hui !

J'étais déjà morte de frousse en entrant dans son bureau.

— B-bonjour, mademoiselle, ai-je bredouillé.

— Oh, bonjour, Ashley. Je suis ravie de vous voir. Asseyez-vous. J'ai une bonne nouvelle à vous annoncer.

Une bonne nouvelle ?

Je me suis assise en retenant mon souffle.

— Je voulais juste vous dire que j'ai adoré votre dissertation sur *Le Vieil Homme et la Mer*. Du coup, j'ai décidé de la proposer pour le prix annuel de littérature Chêne blanc-Harrington.

Mon devoir avait plu à Mlle Bloomberg ! J'en aurais sauté de joie.

Et soudain, j'ai réalisé ce que je venais d'entendre.

— Vous avez bien dit le prix Chêne blanc-Harrington ? ai-je demandé d'une petite voix étranglée.

— Oui, les professeurs des deux écoles y présentent les textes de leurs meilleurs élèves. Nous les lisons et nous votons pour le meilleur.

Mon cœur battait de plus en plus fort, comme celui de l'histoire d'Edgar Poe.

— Qu'est-ce qui ne va pas, Ashley ? s'est inquiétée Mlle Bloomberg.

— Oh, rien. Rien du tout. C'est pour cela que vous vouliez me voir ?

— Oui. À moins que vous ne vouliez me parler d'autre chose ?

— Oui… Euh… non. Non, non. En tout cas, merci de m'avoir prévenue… euh… enfin de me l'avoir dit.

Mlle Bloomberg m'a regardée d'un air bizarre.

— Bonne chance, Ashley.

J'ai senti mon estomac se retourner pour la énième fois.

Dès que M. March lirait ma dissertation, il s'apercevrait que c'était la même que Jeremy.

Je devais empêcher ça.

Justement, nous avions cours ensuite à Harrington. C'était le moment ou jamais d'agir.

En temps normal, je suis ravie d'aller à Harrington car cela me donne enfin l'occasion de croiser des garçons. Mais aujourd'hui, le seul qui m'intéressait, c'était Jeremy. Je me suis jetée sur lui dès que je l'ai aperçu.

— Jeremy, nous avons un gros, gros problème, ai-je murmuré.

— Sans blague ! Moi aussi, j'ai des mauvaises nouvelles. M. March a adoré mon devoir, enfin le tien, et il a donc décidé de le proposer au prix de littérature Chêne blanc-Harrington.

— Je t'avais bien dit qu'on aurait des ennuis ! Mlle Bloomberg propose aussi le mien !

— Oh, la tuile ! Je suis désolé, Ashley. Je ne pensais pas que ça irait jusque-là !

Il avait l'air sincèrement ennuyé mais je m'en moquais.

— Tu n'as plus qu'une chose à faire, ai-je repris.

— Laquelle ?

— Tu veux que je te mette les points sur les i ? Tu dois dire la vérité à M. March !

— Pas question ! Il ne faut pas broncher. Si nous prétendons tous les deux avoir rédigé ce devoir, ils ne pourront jamais savoir qui a copié.

— Jeremy ! C'est nul ! ai-je hurlé, révoltée.

— Chut !

Il a jeté un regard inquiet autour de lui.

— Écoute, ai-je repris à voix basse, même s'ils ne savent pas qui l'a écrit, ils sauront que l'un de nous a copié. Et nous serons accusés tous les deux d'avoir triché.

Jeremy a secoué la tête et il est parti.

— Il vaut mieux ne rien faire, m'a-t-il lancé par-dessus son épaule. Avec un peu de chance, ils ne s'apercevront de rien. Je dois y aller. À plus !

Je l'aurais étranglé ! La seule chose qui m'ait arrêtée, c'est l'espoir que Mary-Kate trouverait une meilleure solution.

Elle est si douée pour résoudre ce genre de problème. Et il n'y a qu'elle qui sache comment s'y prendre avec Jeremy.

Je vais consulter ma boîte aux lettres. Peut-être a-t-elle déjà répondu. C'est vrai, quoi, maintenant que je lui ai vidé mon sac et mon cœur, elle ne peut plus continuer à bouder, qu'en penses-tu ?

10

Mardi

Ashley

Cher journal,

J'ai le moral à zéro et c'est la faute de Mary-Kate. Si elle me téléphonait, nous pourrions peut-être trouver un moyen de me sortir de ce pétrin.

Je me traîne toute la journée en attendant le coup de grâce. Il suffit que Mlle Bloomberg lise le devoir de Jeremy ou que M. March lise le mien.

Je suis si paniquée que je suis prête à ramper aux pieds de Mary-Kate. Je vais lui envoyer une tonne de mails ce soir. Et ils diront tous la même chose :

Au secours, Mary-Kate ! Réponds-moi, je t'en supplie ! J'ai besoin de toi !

Mary-Kate

Cher journal,

Si tu veux savoir, je souhaiterais n'avoir jamais quitté le Chêne blanc.

Et je souhaiterais n'avoir jamais menti : ni à mes amis, ni à mon entraîneur, ni à mon professeur d'art dramatique.

Je souhaiterais aussi que quelqu'un comprenne qu'il n'est pas toujours facile de choisir. Et je souhaiterais que qui tu sais m'écrive ou m'appelle !

C'est incroyable, cher journal. Je n'ai reçu aucune nouvelle de A en deux semaines et demie. Comment peut-elle me laisser tomber comme ça ?

Je ne comprends pas.

Je suis dans un tel pétrin que je donnerais n'importe quoi pour pouvoir lui parler.

Aujourd'hui, mon entraîneur et M. Ousakian ont découvert la vérité.

M. Ousakian m'a appelée dans le couloir pendant le cours de français.

— Mary-Kate, m'a-t-il dit d'un ton solennel, nous avons un problème.

— Ah bon ? me suis-je exclamée d'une voix qui se voulait innocente.

— Oui. Et nous devons le résoudre le plus vite possible. Cela concerne les répétitions.

— Oh, justement... j'ai un...

— Je t'arrête tout de suite. Inutile d'inventer un nouveau mensonge. Je sais que tu joues au softball et que vous avez un match.

J'espère que le rouge me va bien, cher journal, parce que je devais être écarlate.

Et j'étais prise de court, je ne savais plus quoi répondre.

— Co-comment l'avez-vous appris ? ai-je bredouillé.

— Peu importe. Disons que quelqu'un de la troupe connaît quelqu'un de ton équipe.

Au début, je me suis demandé qui pouvait être ce mouchard, mais ensuite, j'ai pensé qu'il avait agi pour le bien de la pièce.

— Mary-Kate, je croyais avoir été clair dès le début. Ceux qui voulaient jouer devaient assister à toutes les répétitions sans exception. J'ai peur que tu ne doives choisir entre le softball et *Peter Pan.* Tu ne peux pas faire les deux.

J'aurais voulu lui opposer un argument en béton, hélas ! je n'ai rien trouvé. Je savais que je jouerais un sale tour à tous les acteurs en allant au match cet après-midi. Lili la Tigresse tenait un rôle important dans la scène que nous devions répéter.

M. Ousakian m'a jeté un de ses célèbres regards en biais et a croisé les bras sur sa poitrine.

— Je te donne jusqu'à vendredi pour te décider, a-t-il ajouté avant de me quitter.

Tu vois, cher journal, j'aurais bien aimé que les mauvaises nouvelles s'arrêtent là. Mais ce n'était pas fini.

Lorsque je suis arrivée au terrain, l'entraîneur m'a prise entre quat'z-yeux pour me dire exactement la même chose.

— Il faut choisir, Mary-Kate. C'est ton théâtre ou le softball. Tu ne peux pas faire les deux.

Et il avait l'air d'attendre ma réponse sur-le-champ !

— Euh, pourriez-vous me laisser deux jours de réflexion ? l'ai-je supplié. M. Ousakian m'a donné jusqu'à vendredi.

Il a levé les yeux au ciel. Puis il a hoché la tête. Le match allait commencer.

M. Latimore a une grande qualité : il n'est pas rancunier. Une fois qu'il a dit ce qu'il a à dire, la vie reprend son cours normalement.

Alors il a eu un comportement normal avec moi pendant le match.

Et j'ai eu la chance de frapper trois belles balles. Les Bashers ont gagné cinq à zéro ! Hourra !

Mais au moment où j'allais rentrer, M. Latimore m'a rattrapée.

— J'espère que tu choisiras le softball, Mary-Kate. Tu es très douée.

Je sais qu'il voulait me faire un compliment. Mais ça n'a fait qu'accroître mes remords.

Ouille, je commence à avoir la crampe de l'écrivain ! Je ferais mieux d'aller dormir.

Hélas, comment trouver le sommeil ? C'est si dur de prendre une décision.

Comment veux-tu que je choisisse entre le théâtre et le softball ?

Voici mon dernier vœu, cher journal : je souhaiterais pouvoir continuer les deux.

11

Mercredi

Ashley

Cher journal,

Au secours !!! Ça va de plus en plus mal !

Aujourd'hui, la directrice m'a convoquée à son bureau.

— Savez-vous pourquoi vous êtes ici, Ashley ? m'a-t-elle demandé de la voix sévère qu'elle prend pour nous faire la morale.

— Je crois, ai-je reconnu d'une voix brisée.

J'ai failli crier : « Ce n'est pas ma faute, madame Prichard, je vous assure ! Je n'ai jamais donné mon devoir à Jeremy. C'est lui qui me l'a volé et qui l'a recopié. Je suis incapable de tricher. Je vous en prie, ne me renvoyez pas chez moi. C'est la faute de mon cousin ! »

Mais j'avais la gorge nouée d'angoisse. Alors je n'ai rien dit.

— Vous connaissez notre règlement, ici, au Chêne blanc, a-t-elle continué. Il est interdit aux élèves de quitter leur dortoir après l'extinction des feux. Sous aucun prétexte.

J'ai ouvert la bouche de surprise ! Ce n'était que ça !

— Euh... je peux tout vous expliquer, madame Prichard.

— Vraiment ? Je vous écoute.

— Euh... je... je pensais faire un projet scientifique sur la lune, le trimestre prochain. Et je suis sortie voir dans quelle phase elle était. Mais... euh... elle était cachée par les nuages... et... j'ai attendu qu'ils s'en aillent et... et j'ai perdu la notion du temps.

Mme Prichard a gardé un visage imperturbable. Impossible de savoir ce qu'elle pensait. Me croyait-elle ?

— Et vous n'imaginerez jamais, madame Prichard ! J'étais tellement captivée par la lune que je n'avais plus du tout envie de rentrer.

La directrice a haussé les sourcils.

— Je vois.

— À tel point que j'ai décidé d'être astronome plus tard. Je m'imagine déjà, seule en haut d'une montagne, devant un gigantesque télescope, à étudier les étoiles toute la nuit. Quel plaisir !

Elle a soupiré. Elle n'en croyait pas un mot. Et elle avait l'air fatiguée.

— Que cela ne se reproduise plus, Ashley.

— Oh, je vous le promets.

J'ai attendu qu'elle passe au sujet suivant : mon devoir de littérature.

Mais elle a pris un bloc sur son bureau et m'a écrit un mot de retard.

— Vous remettrez ceci à votre professeur, m'a-t-elle dit en me le tendant.

Je suis retournée au cours sans demander mon reste.

Mais je n'étais ni soulagée ni contente. J'avais même la nausée.

J'ai vécu le reste de la journée dans l'attente d'une catastrophe. Mais il ne s'est rien passé.

Hélas, quelqu'un s'apercevra tôt ou tard de la supercherie de Jeremy. Et ce sera la cata.

Oh, cher journal, j'ai si peur de me faire renvoyer du Chêne blanc ! J'en pleurerais.

Je ne vois pas ce qui pourrait m'arriver de pire. Je ne veux pas quitter le Chêne blanc !

Et je n'ai aucune envie de retourner vivre à la maison avec Mary-Kate. Elle n'a pas répondu à mes appels au secours. Elle m'en veut encore, c'est évident.

Mary-Kate

Cher journal,

Tu ne devineras jamais.

Ashley ne me déteste pas, finalement !!!

Je viens juste d'ouvrir ma boîte aux lettres et j'ai découvert au moins cinquante messages d'elle me suppliant de l'appeler !

Elle les a envoyés il y a déjà longtemps. J'ai dû avoir un problème d'informatique.

Je crois me souvenir d'un message m'avertissant que le serveur était en panne. Je ne sais pas ce que ça veut dire, mais une chose est sûre : je n'ai reçu les mails d'Ashley qu'aujourd'hui.

Dès que je les ai lus, surtout ceux concernant Jeremy, j'ai essayé de la joindre. Comme il était neuf heures et demie passées, j'ai composé le numéro central et je suis tombée sur Mme Prichard.

— Bonsoir, madame Prichard, ai-je dit poliment. Je suis Mary-Kate Burke. Pourrais-je parler à Ashley, s'il vous plaît ?

C'est bizarre, mais j'ai tout de suite senti qu'elle allait dire non.

— S'agit-il d'une urgence d'ordre familial ? Car c'est bientôt l'extinction des feux, Mary-Kate.

J'ai manqué de réflexe et j'ai dit non.

— Alors vous devriez savoir qu'il ne faut pas appeler ce numéro pour bavarder avec votre sœur, a-t-elle rétorqué d'une voix sèche. Vous n'auriez pas déjà oublié notre règlement, Mary-Kate ?

— Mais… mais…

— Je suis désolée, Mary-Kate. Vous n'avez qu'à lui écrire. Je suis sûre qu'elle sera ravie de vous lire. Bonsoir.

Et elle a raccroché.

Quelle idiote ! J'ai vraiment manqué de repartie.

J'ai vite envoyé un mail à Ashley, mais ça m'étonnerait qu'elle l'ait ce soir, elle doit être déjà couchée.

Il faut que j'arrive à la joindre demain.

Je trouverai bien une urgence d'ordre familial d'ici là. Laquelle, c'est encore un mystère !

12

Jeudi

Cher journal,

Mary-Kate m'a appelée ce soir !

J'ai cru que mon estomac allait faire son centième saut périlleux lorsque Mlle Viola est venue me chercher dans ma chambre, juste après le dîner.

— Ashley, vous avez un appel, m'a-t-elle dit d'une voix grave. Carrie, votre baby-sitter, vous demande au téléphone.

J'ai suivi notre gouvernante jusqu'à son appartement, au rez-de-chaussée. Elle est restée dans le hall, pour que je puisse parler en toute intimité.

J'étais dans tous mes états, persuadée qu'il était arrivé un malheur à papa ou à Mary-Kate !

J'ai pris le téléphone, le cœur au bord des lèvres.

— Allô ?

— Bonjour, Ashley, m'a dit Carrie d'une voix pleine d'entrain. Ne quitte pas, je te passe Mary-Kate.

Mary-Kate ? Je suis restée pétrifiée.

— Ashley ! s'est écriée ma sœur. Je suis vraiment désolée de ne pas t'avoir appelée plus tôt ! Ma boîte aux lettres était en panne et je n'ai reçu tes messages qu'hier soir !

Tout s'expliquait !

— Je croyais que tu me détestais, ai-je bredouillé.

— Je croyais la même chose, a-t-elle répondu.

Nous avons éclaté de rire. Quel soulagement !

Il m'est alors revenu un détail.

— Comment se fait-il que tu n'aies pas eu les messages que j'ai laissés sur le répondeur ?

J'ai entendu Mary-Kate parler à Carrie. J'ai eu l'impression qu'elles se disputaient. Carrie avait dû oublier de lui dire que j'avais appelé.

Mais je m'en moquais. J'étais si contente d'être réconciliée avec Mary-Kate.

Je suis allée droit au but.

— Mary-Kate, que dois-je faire pour cette histoire de devoir ? Nous n'avons pas encore été pris mais ça ne saurait tarder.

— Jeremy doit tout avouer. C'est la seule solution.

— Il refuse.

— Je m'en occupe.

Elle m'a mise en attente le temps de passer en conférence téléphonique à trois. En quelques secondes, Jeremy était au bout du fil.

J'adore tout ce qu'on peut faire avec un téléphone quand on sait s'en servir. Et Mary-Kate est une spécialiste !

— Sale petit escroc ! Tu as intérêt à reconnaître que tu as volé le devoir d'Ashley, sinon...

— Sinon quoi ?

— Sinon nous allons brusquement nous rappeler tous les trucs nuls que tu as faits dans ta vie. Comme le jour où tu croyais mettre de l'eau de toilette pour homme, au bal des sixièmes, et que tu t'es inondé avec le parfum de ta mère !

— Oui, et tu as failli intoxiquer tout le monde, ai-je gloussé.

— Et alors ? a-t-il dit. Personne n'est au courant, à Harrington.

— Pas encore, a ricané Mary-Kate. Mais Ashley écrit toujours dans le journal de l'école. Et si tu ne t'exécutes pas, elle publiera un article dont tout le monde se souviendra !

Bravo, Mary-Kate ! C'était bien envoyé, même si je ne pourrais jamais faire ça. Non, je serais incapable d'écrire le moindre ragot sur quelqu'un de ma famille.

Voyons, qu'est-ce que je raconte ? C'est ce que j'ai fait le mois dernier en dévoilant le béguin secret de Mary-Kate dans mes stupides potins mondains !

Jeremy a dû s'en souvenir, lui aussi, car il a fini par céder.

— D'accord. Je vais y réfléchir.

— Non, tu ne réfléchis pas, tu le fais. Et tout de suite, sale petit tricheur ! Maintenant, raccroche. J'ai besoin de parler seule à seule avec ma sœur.

Dès qu'il nous a quittées, j'ai éclaté de rire.

— C'est vrai qu'on pourrait en raconter de bonnes sur lui.

— Oui, cette histoire de parfum n'est que la face émergée de l'iceberg.

— Sauf que je ne ferai jamais ce genre de révélation sur qui que ce soit. Enfin, plus jamais, ai-je corrigé. J'ai compris la leçon. Je regrette sincèrement ce que j'ai fait le mois dernier.

— N'en parlons plus, a dit Mary-Kate

Là j'ai senti qu'elle m'avait pardonné. Pour de bon.

— Tu te souviens du Thanksgiving où Jeremy a mis des coussins péteurs partout dans la maison et qu'il...

Elle n'a pas eu besoin d'en dire plus. J'ai éclaté de rire.

— À mon tour, a-t-elle repris. Je voudrais te parler de quelque chose de beaucoup plus grave.

Mais avant qu'elle ait pu m'en dire plus, Mlle Viola est arrivée… avec Mme Prichard sur ses talons !

Mlle Viola avait l'air ennuyée. Et Mme Prichard, folle de rage.

— Ashley, que se passe-t-il ! m'a-t-elle demandé.

— Oh, rien, ai-je répondu en essayant de reprendre mon sérieux.

— On vous entend rire du fond du couloir. Je n'ai pas l'impression qu'il s'agisse d'un cas d'urgence très grave. Pourrais-je parler à Carrie ?

— Euh… Carrie… ai-je bafouillé dans le récepteur.

— C'est bien ce que je pensais, a dit Mme Prichard. Ce n'est pas à elle que vous parlez, n'est-ce pas ? Il est temps de raccrocher.

— Mais… ai-je voulu protester.

C'était inutile. Elle m'a tendu la main pour que je lui donne le téléphone. Et ce n'est pas le genre de personne à qui on peut dire non.

Mais juste avant de lui remettre le combiné, j'ai entendu Mary-Kate crier :

— Regarde ta boîte aux lettres ce soir !

Justement, cher journal, je vais me connecter pour voir de quoi il s'agit. J'ai l'impression qu'elle aussi a un gros problème. J'espère que je pourrai l'aider !

Mary-Kate

Cher journal,

Je suis épuisée. Enfin, après un mauvais début, ma journée s'est finalement bien terminée.

Ou, j'ai d'abord eu un contrôle de maths auquel je n'étais pas trop préparée. Heureusement, j'ai retrouvé le moral quand j'ai enfin pu parler à Ashley.

Que dire ? Ma sœur est la meilleure ! Elle ne m'en voulait pas du tout. C'était juste un problème d'informatique.

Quoi qu'il en soit, je suis trop fatiguée pour te raconter notre coup de fil en détail. Je pense avoir résolu son problème avec Jeremy. Nous n'en serons certaines que lorsque cet abruti se sera dénoncé.

Nous avons continué à dialoguer par Internet une bonne moitié de la nuit.

J'ai tout raconté à Ashley : les ultimatums de l'entraîneur et de M. Ousakian et le fait que j'avais jusqu'à demain pour choisir entre le softball et le théâtre.

— Pas question, m'a-t-elle répondu. Tu dois garder les deux.

Elle avait déjà une idée derrière la tête.

— Tu vas faire à l'entraîneur une proposition qu'il ne pourra pas refuser.

Bref, je suis trop crevée pour t'en dire plus. Mais j'espère bien que le plan d'Ashley va réussir !

Je te raconterai tout demain. Souhaite-moi bonne chance !

13

Vendredi

Ashley

Cher journal,

Ouf ! Grâce à Mary-Kate, je ne serai pas expulsée du Chêne blanc. Mille fois merci, Mary-Kate !

Comment pourrai-je jamais la remercier ?

Pour résumer, Jeremy a fini par cracher le morceau.

Pourtant il n'en avait aucune intention, ce pourri ! Mais je l'ai coincé. J'ai fait la liste de tout ce que je pouvais raconter sur lui dans le *Roseau*. Et quand je la lui ai mise sous le nez, il a préféré céder.

Heureusement qu'il s'est dénoncé avant que Mlle Bloomberg ou M. March ne découvrent sa supercherie. Ils lui ont dit qu'ils en tiendraient compte.

— N'empêche que je vais me retrouver avec un F à mon devoir, a-t-il osé se plaindre à moi.

J'étais stupéfaite. Il n'espérait tout de même pas que j'allais m'apitoyer sur son sort après le tour qu'il m'avait joué !

— Comme si c'était ma faute ! ai-je rétorqué.

— Ouais, j'aurais mieux fait de lire un livre et de rédiger moi-même mon devoir, a-t-il admis.

Je n'ai même pas pris la peine de lui répondre. À quoi bon ? Son cas est désespéré !

Il est collé jusqu'à la fin du mois. Pas de soirées, pas de sorties, pas de matchs de foot. Qu'il ne vienne pas se plaindre. Il aurait pu se faire renvoyer.

Et j'ai exigé qu'il m'innocente auprès de Phoebe.

— Je veux que tu lui racontes tout, qu'elle cesse de me considérer comme une criminelle.

Il a levé les yeux au ciel. Ils ont une attirance réciproque… du genre répulsion totale !

Comme par hasard, elle est apparue à ce moment-là et il a bien été forcé de s'exécuter.

Phoebe n'est donc plus fâchée contre moi. C'est super, non ?

Mary-Kate est un génie, son plan a parfaitement réussi.

Mais le mien a-t-il aussi bien marché pour elle ?

Mary-Kate

Cher journal,

Quelle journée !

Ce matin, Max, Brian et Amanda m'ont sauté dessus dès mon arrivée à l'école.

— Viens-tu à l'entraînement ? m'a demandé Max.

— Oui, vous pouvez compter sur moi, ai-je répondu d'un ton enjoué.

— Depuis quand ? a rétorqué Amanda.

— Écoutez, je vous ai dit que je venais ! Qu'est-ce que vous voulez de plus ?

— Et si tu nous donnais ton programme dédicacé des World Series de l'an dernier ? a plaisanté Max.

Très drôle !

— Tu laisses enfin tomber la pièce ! s'est écriée Amanda avec un grand sourire. Génial !

— Je n'ai jamais dit ça. Je cherche encore une solution.

— Il faut te décider, Mary-Kate. Qu'est-ce que tu choisis ? L'équipe ou le théâtre ?

« Les deux », aurais-je voulu répondre.

Heureusement, la cloche a sonné. Sauvée par le gong !

Dès la fin des cours, j'ai couru voir M. Ousakian.

— Je veux continuer le théâtre, lui ai-je annoncé. Cependant il faudrait que je manque encore un après-midi pour aller parler à M. Latimore.

— D'accord, Lili la Tigresse. Mais c'est la dernière fois. Encore une absence et je donne ton rôle à Caroline Mobley.

— Vous pouvez compter sur moi.

J'ai ensuite couru d'une traite jusqu'au terrain de softball. Je voulais arriver avant les autres pour avoir le temps de parler à l'entraîneur, seule à seul.

— Ah, je suis ravi de te voir, m'a-t-il dit en me voyant arriver tout essoufflée. Tu as donc décidé de rester avec les Belmont Bashers ?

— J'espère, ai-je répondu, non sans une certaine inquiétude.

Il a froncé les sourcils.

— Tu espères ? Cette réponse ne me plaît pas beaucoup.

Je me suis concentrée pour me souvenir de ce qu'Ashley avait dit. Et je me suis lancée.

— Voilà. J'adore le softball, tout le monde le sait. Mais j'adore aussi le théâtre. Et je suis incapable de choisir entre les deux. Alors je voudrais vous faire une proposition que vous ne pourrez pas refuser.

L'entraîneur m'a regardée de travers. Puis il s'est remis à trier les battes et les balles.

— Je t'écoute.

— J'aimerais retrouver ma force de frappe à la batte en m'entraînant avec les Belmont Bullets, l'équipe des moins de quatorze ans. Ils s'entraînent bien à cinq heures et demie tous les soirs, non ?

— Oui.

— Comme ça, je pourrais assister aux répétitions à trois heures et demie. Et ensuite venir ici. Je ne pourrai qu'améliorer ma frappe en travaillant avec des joueurs plus âgés. Leurs lanceurs sont bien meilleurs que les nôtres.

J'ai pris une profonde inspiration et j'ai lâché mon argument décisif. Celui que m'avait conseillé Ashley.

— Je ferais n'importe quoi pour aider l'équipe. Mais, quoi qu'il arrive, jamais je n'abandonnerai *Peter Pan*. C'est à prendre ou à laisser.

À prendre ou à laisser ?

Je me demande encore où j'ai trouvé le culot de dire ça !

Et ça a marché ! L'entraîneur m'a longuement dévisagée, puis il a poussé un grand soupir.

— D'accord. Mais à une condition. Je ne tolérerai plus une seule absence aux entraînements.

— Pas de problème, ai-je répondu avec enthousiasme en lui tapant dans la main.

— Tu es une sacrée négociatrice, Burke. Et je crois que tu vaux la peine qu'on essaie.

Voilà ! Le plan d'Ashley a réussi ! Je peux à la fois jouer dans la pièce et continuer le softball ! N'est-ce pas fabuleux ?

Maintenant, je ne me fais aucune illusion sur la réaction de mes amis quand ils me verront en Lili la Tigresse.

Ils se moqueront sans doute de moi, même si je suis excellente.

14

Jeudi
Trois semaines plus tard

Mary-Kate

Cher journal,

Ne me demande pas pourquoi je n'ai rien écrit depuis presque un mois ! C'est du délire ici, entre les répétitions, le softball et les devoirs.

Mais je m'amuse comme une folle.

Aujourd'hui je dois rédiger une dissertation sur un livre pour le cours de littérature. Dommage que je ne puisse pas prendre celle d'Ashley. Oh, je plaisante !

Je dois te dire avant tout que les Bashers ont remporté leurs trois dernières rencontres.

Nous sommes donc sélectionnés pour les championnats. C'est chouette, non ? Et tout le monde dit que c'est grâce à moi. J'ai même réussi un coup de circuit au dernier match.

Et j'ai retrouvé ma frappe !

Maintenant, ma seule angoisse, c'est *Peter Pan*. Et si jamais j'étais la pire Lili la Tigresse qui ait jamais existé ? Je n'aurais pas fini d'en entendre parler !

Ouille, ouille, ouille !

15

Vendredi
Une semaine plus tard

Ashley

Cher journal,

Tu n'imagineras jamais où je me trouve en ce moment? Je suis à la maison et je t'écris, allongée sur mon lit!

Et Mary-Kate est juste en face de moi sur son lit à écrire son journal, elle aussi!

Comme au bon vieux temps!

Que c'est bon de rentrer chez soi!

Mon Dieu, j'ai tant de choses à te raconter! Je n'ai pas pu écrire un seul mot ces dernières semaines tellement j'avais de travail.

Les examens de fin d'année m'ont épuisée. Mais je les ai tous réussis.

Et j'ai remporté le prix de littérature Chêne blanc-Harrington !

J'ai eu une sacrée chance. Mlle Bloomberg ne m'a pas pénalisée pour l'histoire de Jeremy. Elle a dit qu'elle me savait incapable de tricher. Et c'est moi qui ai obtenu la meilleure note.

Qui aurait cru que je serais un jour en si bons termes avec elle ?

Quoi qu'il en soit, le semestre est terminé au Chêne blanc. Je suis revenue par avion ce soir, juste à temps pour assister à la première de *Peter Pan*.

La pièce était géniale. Et Mary-Kate stupéfiante. (Je me demande si elle me prêtera son costume de Lili la Tigresse. Carrie dit qu'il y a 684 perles cousues dessus !)

J'étais très émue de revoir mon ancienne école et de retrouver mes amis de Chicago. Toute ma classe de cinquième était venue à la première et nous nous sommes tous assis ensemble.

Mais ce que j'ai le plus aimé, c'est la stupéfaction totale de Mary-Kate quand je suis allée la voir en coulisses après le spectacle. Elle ignorait que je venais et j'ai bien cru qu'elle allait tomber dans les pommes !

— Ashley ! Qu'est-ce que tu fais là ! a-t-elle hurlé.

— Tu as été fabuleuse ! ai-je dit en lui tendant un énorme bouquet avant de la serrer dans mes bras.

— C'est génial ! Tu vas pouvoir venir à la soirée de la troupe avec moi.

Papa nous a même donné la permission de minuit. (Il y avait une foule de parents pour superviser la soirée et nous raccompagner ensuite chez nous.) La soirée a eu lieu dans une pizzeria où une salle entière nous était réservée.

Et j'ai enfin pu manger de la bonne pizza de Chicago. C'est la meilleure.

Je suis donc tout à fait heureuse. Enfin presque...

Je me rends compte que Mary-Kate m'a terriblement manqué. Et je ne me vois pas retourner sans elle au Chêne blanc.

J'aimerais tant qu'elle reparte là-bas avec moi. Mais c'est impossible. Elle s'amuse trop ici...

Mary-Kate

Cher journal,

Cette soirée a été un des plus beaux soirs de ma vie.

La pièce a remporté un grand succès !

J'ai adoré monter sur scène, cher journal. Tout était chouette : jouer, dire mes répliques, être maquillée, attendre en coulisses avec le reste de la troupe. C'était superexcitant.

Tous mes amis, y compris mes copains des Bashers, étaient dans la salle. Et Amanda, qui était assise au premier rang avec Max et Brian, n'a pas arrêté de me sourire !

Et personne ne s'est moqué de moi. Au salut final, mes amis m'ont même fait une ovation. Et ils sont venus ensuite me retrouver en coulisses.

— Félicitations, Mary-Kate, a dit Amanda. Tu as été stupéfiante !

— Merci.

— Non, c'est vrai. Écoute, Mary-Kate, je suis désolée de t'avoir dit que tu devais te limiter au sport. Je pense que… que j'étais… euh…

— Quoi ?

— … jalouse. Pour te dire la vérité, j'ai toujours rêvé de jouer dans les pièces de l'école, mais je n'ai jamais eu le courage de me lancer.

— Oh, oublie tout ça. Je suis si contente que tu sois là.

Je lui ai pressé la main et Amanda m'a souri. Nous étions à nouveau amies.

Cependant, une surprise encore plus grande m'attendait. En effet, quelques secondes plus tard, j'ai eu le choc de ma vie.

Ashley était là ! Ils avaient tout comploté avec papa et Carrie.

Je suis restée bouche bée. J'ai failli en pleurer de joie.

Que ma sœur m'ait vue en Lili la Tigresse met le comble à mon bonheur.

Et tu sais quoi ? Cela peut paraître bizarre, mais ça m'a fait un plaisir immense de voir le visage d'Ashley, même si j'aperçois presque le même dans mon miroir chaque fois que je me regarde !

Elle m'a horriblement manqué.

Bien sûr, je l'ai invitée à la soirée de la troupe. En théorie, seuls les acteurs et l'équipe technique y participent. Mais ils ont tous compris.

Pendant cette soirée, je n'ai pas cessé de penser à ce qui nous était arrivé. Et combien Ashley m'avait manqué. La vie est beaucoup moins drôle sans elle.

Je me suis aperçue aussi que, bien que je sois ravie d'avoir retrouvé mes amis, les Bashers et mon ancienne école, le Chêne blanc me manque toujours.

Alors j'ai pris une grande décision, cher journal. Je retournerai au Chêne blanc à la rentrée.

Je suis impatiente de l'annoncer à Ashley. En fait, je vais le lui dire tout de suite !

P.-S. (un peu plus tard :)

Quand j'ai annoncé la nouvelle à Ashley, elle a failli en tomber sur le derrière de surprise. Elle est folle de joie. Et moi aussi.

Maintenant, il ne nous reste plus qu'à espérer que le Chêne blanc voudra bien nous reprendre toutes les deux !

Je te tiendrai au courant, cher journal.

À plus tard !

Dans la même collection

mary-kate olsen **ashley** olsen

Les jumelles s'en mêlent

1. Une baby-sitter, non merci !
2. Échec et maths
3. Poker menteuse
4. Sœur contre sœur
5. Espionnes en herbe
6. Super mannequins
7. Une amie de trop
8. Deux fêtes à la maison
9. Coucou, les garçons !
10. Que la meilleure gagne !
11. Jamais sans ma sœur

Composition : Francisco *Compo*
61290 Longny-au-Perche

Impression réalisée sur Presse Offset par

BRODARD & TAUPIN

GROUPE CPI

La Flèche (Sarthe), le 06-04-2005
N° d'impression : 27398

Dépôt légal : avril 2005

Imprimé en France

POCKET *jeunesse*

12, avenue d'Italie • 75627 PARIS Cedex 13

Tél. : 01.44.16.05.00